遡上

Sojou

Saji Yoshiko

佐治よし子句集

ふらんす堂

佐治よし子第一句集『遡上』に寄せて

「よし子さん、句集を出されたことはおありですか？」と尋ねたのは昨年二〇二三年の十一月ごろ。日ごろの遠慮深さを知る者として、実は継ぐ言葉を考えながら切り出したので、「うれしい！」というお答えには、ほっとするより驚いた。が、それだけ胸深く畳んでおられたのだろう。「今から一年を目処にがんばります」と頼もしくスタートを切ったのだった。

よし子さんは、旧「藍生」俳句会（黒田杏子主宰）の古くからの仲間である。昨年三月には新型コロナ禍による渡航禁止が解かれたばかりの台湾旅行をスリリングに楽しみ、帰国直後に黒田先生急逝の報に接して愕然とする、という事態を共に体験した仲でもある。

夏兆す台北の道バイクバイク

「句と暮らす」章のこの句はそのときの作品。現地で二度、帰りの機内で一度、同行の四人で句会をした。日本とは異なる気候にあって、三月でも迷わず「夏兆す」と置いたところ、バイクの語を重ねて蝗の大群のようなさまを表したところに、よし子さんの別の顔を見せていただいた心持ちになった。

昔からゆかしき仲間ではあったが、この一年ほどの間に急接近したこともあって、新結社「青麗」設立の際には何かと頼みにし、創刊記念祝賀会では乾杯のご発声をしていただいた。「創刊号、まだ薄いですよね」と本当のことを呟いて、座を和ませてもくださった。

よく晴れて光の中の初句会

よし子さんが「藍生」に入会なさったのは平成十二（二〇〇〇）年。十周年記念号として刊行された「藍生」十一月号内の「合同句集」には、

天高く流さるゝまま吹かるゝまま

いつよりの降り始めとも春の雪

月山のよく見ゆる日よ吹流し

（表記は当時のもの）

この句集にも収められている句を既に発表しておられる。新人ではない新入会者として私たちの前に現れたということだ。二年後の第九回全国大会（於・羽黒山）では、幹事のお一人として大活躍なさっている。

手を止めよ筒鳥の声聴き留めよ

筒鳥は亡き師の好む鳥でもあった。一方私は、ちょうど子育て繁忙期にあって、その羽黒山大会が全国大会への初参加となった。そのように接点がありそうで無いまま過ごしていたが、いつしかよし子さんが大学の俳句会の先輩だという情報が漂着した。

春嵐退路断ちたし断つべしと
草の花君らも我も名なきもの

「出会ひ」の章、即ち大学時代の句である。よし子さんは大学紛争世代であった。仏文科に学ばれ、殊にモーリヤックに傾倒されたという。

寒晴のつづく異郷に在りと思ふ
用件は梅雨入とのみ母の文

ふるさと山形には無い、寒中の東京の空の青さに、かえって郷愁をかきたてられたこともあっただろう。用件が定かでない母上の手紙は何だったのか。女の子だからと反対したりせず、東京へ出してくださったのは、きっと母上だ。──このたびよし子さんは芳紀十八の齢まで遡り、半生の絵巻をまとめられたのである。

翻る一瞬は金紋白蝶

はこべらも若菜といへば美しき

「藍生」以前のことはお聞きしていないが、暮らしの中に綺羅を探す句作りをなさっていたように感じる。

夫病みてひねもす共に聖五月

「藍生」に入会なさったころ、ご夫君が体調を崩されたようだ。そういうこともあったからか、「藍生」では境涯を積極的に詠まれるようになられた。

ほろほろと風花昏々と眠り
古今雛涙のあとのやうな罅
山形の空にぽかんと凧
時鳥たつた一人と思ひ知る

あるいは、旧知の俳人黒田杏子と再会したのが、ちょうど人生の転換期だったといってもよいのかもしれない。だから運命に導かれるままに師と仰ぐに至ったのだ。

雪降つてとんと昔の夜が来る
今日一つ言葉を得たり日脚伸ぶ
風光るきりきりきりと弓引かれつつ

面倒見の良いよし子さんの周りでは、事件が次々に起きるのだそうだ。「流さるるるまま吹かるるるまま」と詠まれるほどの時期もありはしたが、今では明日への扉を開ける鍵を自らお持ちだ。「この先もどこまでも飛び続けたい」と書かれたよし子さん。そう、きりきりと弓は引かれた。あとは放つのみである。

高田正子

二〇二四年九月　新涼の朝

遡上／目次

句集

遡上

出会ひ

「原生林」時代

「原生林」は東大駒場の全学ゼミ「作句演習」に参加した学生たちが、年に一度発行した合同句集。

昭和四十三年～四十八年

大学紛争の只中に

春嵐退路断ちたし断つべしと

秋の蛾の鱗粉ぬれてゐて静か

草の花君らも我も名なきもの

棟梁の声がはづんで師走来る

山眠る野をひたすらに帰りゆく

寒晴のつづく異郷に在りと思ふ

フランスパン籠に焼きたて街五月

過疎の村人めく稲架の林立し

愛読した　F・モーリヤック逝く

桐一葉小説家の訃ふらんすより

寂しさの幾何学模様花八手

五月祭涸噴水が水を噴き

天無限爽やかに爽やかに狂ひたし

鳥渡る語らひの時惜しむ日々

高窓に鳩ゐる五月小教室

用件は梅雨入とのみ母の文

海近くなりぬ大川暮れかねて

冬耕や怒れるごとく手を挙げて

野の人の黙の激しき焚火かな

天に触るるところ紫山眠る

峠てふ駅に雪国始まりぬ
暮れかかる駅舎は青き雪積んで

再会

瞬く間に時は過ぎ、四十代半ば、新しい俳誌にお誘いを受け、帰郷した山形でも句友を得た。そのご縁から、かつて山口青邨先生のもとでご一緒した黒田杏子先生と再会した。俳句との再会でもあった。

Ⅰ　平成三年〜五年

底なしに降り出す雪の夜空かな

願ふことありてひひなの早飾り
外は雪緋色あふるる雛の部屋

翻る一瞬は金紋白蝶

香水や人に会ふこと怖き日に

一家族花火の傘の下にゐて

蟻の道老人病棟へと向かふ

馬追や手習ひぐんとはかどりぬ

熱燗と湯豆腐本音の話して

初市やふつくらまろき蕪を買ひ

子に見せむとは口実よ凧揚ぐる

走つても走つても陽炎は先に
子の話ゆつくり聴いて遅日の野

蛇苺ぽつんと赤き転居跡

兼業の田を植ゑ急ぐ日曜日

新涼の夜は開け放て風抱かな

切り散らす爪ほどの月蔵の町

きゆきゆと靴音秋霖の日の書店

ジグソーパズルすつと嵌つて秋日和

呆けたる顔で起き出す師走かな

ハバネラのリズムひねもす雪雫

霾や赤子を棒のごと抱きて
黄砂降る我にもどこか蒙古の血

平成五年　記録的冷夏

凶作となりたる後の日の光

凶年のみちのく米盗人のまた

刻々の風の形に萩揺るる

道凍てて踊るがごとく登校す

Ⅱ　平成六年～十一年

街薄暑どこかで電話鳴りやまず

青嵐ことさら海の絵を吹ける

珈琲の香の満ちてゐる無月かな

何よりも空青むこと北の春
はこべらも若菜といへば美しき

梅雨深し書店に光る友の著書

義母逝く

放たれて夏の童に還るべし

しばらくは花と眺めて菊膾

若くして移民された方より
ブラジルより生きてゐますといふ賀状

大粒は夫にとりおく寒卵

ほら吹きの神事ありとや鬼やらひ

ごご様の語調ゆるやか雛の家

ごご様とは、山形県河北町周辺で奥様のこと

玻璃拭いて四月の空をわがものに

義弟夫妻を祝ふ

二つ三つ酒杯かはせば月動く

晩婚の二人ゆつくり月昇る

たんぽぽの切手で届く句稿集

旅先の忙中閑や桜餅

スニーカー並べ参禅風青し

花嫁を送り出したる麦茶かな

母逝く　二句

もう虫のすだいてゐるよ野辺送り

戒名に凜の一字や爽やかに

山寺、黒田杏子師と再会　二句

行く秋や店に剣玉独楽達磨

一時間列車を待つも小望月

翌日、最上川舟下り　二句

天高く流さるるまま吹かるるまま

秋鮭の遡上も近し最上川

句と暮らす

「藍生」と共に

黒田杏子主宰の「藍生」俳句会に入会。毎月の投稿に加えて、宮城・山形「藍生」の合同句会「游の会」ができ、共に学ぶ仲間を得た。また各地の句友との交流や大会への参加が増えて、俳句が生活の一部となった。

I　平成十二年・十三年

美しく老い外套に包まるる

家族写真撮って了りぬ三が日

元気よき人の元気な初便り

乾鮭の身のほろほろと北の国
いつよりの降り始めとも春の雪

月山のよく見ゆる日よ吹流し

夫病みてひねもす共に聖五月

待ってました心ゆくまで大夕立

夕立や樋に小穴の二つ三つ

多賀城

ひやひやと廃寺の石になほ坐して
雪降つてとんと昔の夜が来る

今日一つ言葉を得たり日脚伸ぶ

立春や雀に撒いてパンの耳

立春のフランス橋に笑ひころげ

初孫　紗希

立春の光に嬰の深眠り

息呑んで見上ぐるひひな初節句

茂吉の書ころころまろし苜蓿

梅雨曇ここより最上川といふ

やませ蔵

土間帳場欄間味噌蔵梅雨湿り

「游の会」句会発足

句敵よ青葉の山を越えて来よ

簀戸たてて風遊ばせて住まふかな

玫瑰やいつより海を見ぬことか
初めての手花火ほうと息ついて

蕎麦畑より風かよふ夏座敷

水の音耳を離れず蕎麦の花

庄内のからりと広き刈田かな

木の実降り始むいよいよ句座始まる

セーターの胸美しき娘かな

門松を立てて静かに休診日

おぼろおぼろ心をのぞく遠眼鏡

夜桜のなだれてゆくや水の上

Ⅱ　平成十四年〜十九年

「藍生」羽黒山大会　三句

手を止めよ筒鳥の声聴き留めよ

斎館に端居をしたる羽黒かな

谷は若葉神々の山荒々し

その中に私の居場所虫時雨

夢あれば背筋弛まず寒の入

花時の明るき寺を抜けにけり

雨降れば雨の重さに糸桜

米沢

御廟所に鈍き光を苔の花

黒南風や旗指物に毘の一字

BS俳句王国・米沢　出演　二句

地震過ぎて我に返りし涼しさよ

清貧に生き十薬の花の海

赤い三尺ふはりふはりと踊りけり

踊りつつねむし寂しとなる子かな

名月のカード病院食に添へ

初暦真つ赤な表紙まづ剝ぎて

寒波来る机に紙の耳揃へ

立春大吉てふ旗立てて中華街

六月の樹勢恐ろし峠越え

大石田

荒梅雨やさみだれ歌仙目の前に

奥松島吟行　二句

新米の並ぶ朝市野蒜駅

松原に月の育てし茸かな

爪立つればば火花のごとく蜜柑の香

大寒や餌場を教へ合ふ鳥語

この雪の壁のむかうを最上川
縁側のぢぢとさきちやんさくらんぼ

花巻　四句

星月夜賢治の好きな石とセロ

ずんずんと賢治の里の稲実る

鰯雲単線二輛釜石線

日傘立て無人の仏花販売所

百合ゆれてゐる休日のダム事務所

人を待つかくも激しく鳴くちちろ

新庄　佐藤道子さんご夫妻　二句

これはこれは嬉しさうなるお雛様

雪国に生まれて生きて雛守る

鯉幟の行方はいづこ貼り紙す

遊び疲れてもどり来風の鯉幟

Ⅲ　平成二十年～二十七年

転居

物捨ててしがらみ捨つる良夜かな

ばつた跳んで二人の暮らし寿ぐよ

斎藤茂吉生家　山形県上山市金瓶　三句

死にたまふ母の蔵なり木の芽吹く

母の蔵へとやがて来むつばくらめ

梅一輪宛名金瓶和尚様

畏くも三井の閼伽井にみづすまし

「藍生」淡海大津大会　四句

さみだるる石山に鳥聴き分けて

酔うて戻るみづうみの径大花火

人も舟も湖釣りに出る明易し

毛氈に春告魚の青光り

月山おろし次郎左衛門雛の頬

はるかなる天へしづかに朴ひらく

春愁の二つの眼子の病める

「藍生」松山大会　四句

陶風鈴店ごとに鳴る城下かな

青嵐市電の音の天守まで

愚陀佛庵昼を灯せる藪蚊かな

美生柑手にのせ伊予を去りがたく

パリ　四句

木の葉降るミラボー橋に行けぬ船

シテ島に菊売る花屋万聖節

着ぶくれて辿りつきたる石畳

黄落は野の地平まで石の家

寒雷の酒田に語る一夜かな
きしきしと雪踏む音のついて来る

震災のひと月のちのさくらどき
花びらの流る原発禍の空よ

台風来まこと八尾は風の盆

手の反りも笠のとがりも風の盆

春寒や土井晩翠の鉄ベッド

仙台　晩翠草堂

天保の貝青びかり雛箪笥

雛市へ春の嵐の来る前に
見て飽かずこまごま売られ雛道具

孫　小遙に

箱を出てまなざし優しお雛さま
穏やかなお顔のひひな贈らばや

立ち上がる卯波松島人の波

「藍生」松島大会　二句

涼しさや舞ふも生くるも一途にて

穂芒の道新庄の祭へと
走る子と手を離さぬ子栗拾

タイ　四句

炎天や魚醤の臭ふ渡船場

大足の涼しき金の寝釈迦かな

アユタヤの首無き仏木下闇

滴りや敵味方なき盗掘跡

台北

筆談で乗るタクシーや夕薄暑

笠島は今もぬかるみ今年竹

「藍生」東京大会　二句

切火して梅雨の巷に出で立ちぬ

根岸　子規庵

硝子戸は子規の喜び花糸瓜

餅搗いて太鼓叩いて十日市

獅子舞の地に粘りつく足運び

勉さんの菊は佳境によき日和

父と子に月すこやかに昇りくる

抽斗の隅にころんとひよんの笛
手にのせて撫でて眺めてひよんの笛

菊飾る湯島天神までの坂

立冬や昼まで閉ざすニコライ堂

Ⅳ　平成二十八年〜令和二年

ほろほろと風花昏々と眠り

立春や点滴しづくきらきらと
自動ドア音なく開く余寒かな

夕桜色失ひて夜桜に

蜆蝶ちらちら紫蘇の花白し

八木山動物園　二句

トラックで象舎に届く林檎かな

ペンギンの自由不自由秋の水

なほひひな飾らずにおく喪明けかな
行く先は花に埋もれて見通せず

篠の子の芯まで青し噛めば鳴る

「藍生」京都大会　五句

図らずも蕪村の墓にあひ涼し

大寺のこの涼しさの石と苔

鐘の音憎ら羅ひるがへし

梅雨の寺ひそと置かるる古今集
あてもなく歩いて京の夕涼み

秋の七草五つ見つけて帰りきし

新米を当つ新米の福引で

ひんがしの軒に滝なす氷柱かな

丸顔のひひなを選ぶ夫なりき

古今雛涙のあとのやうな罅

雛の日の母の大きな握り寿司

日に三便だけのバス停朝桜

着ることもなけれど母の絽の着物

ただ一人来てちちははの墓洗ふ

長き夜の長きに疲れハルシオン

団栗に子供銀杏に老人
それぞれに看取る人ゐて十三夜

料峭や扉を押して入るレストラン

砂時計落ち切るまでの春の雷

初蝶となりてゆかれし空広し
どこからか落花一片草に寝て

給油所の軒を棲処とつばくらめ

今年見ぬ牡丹の庭の老主人

ぼうたんを崩してしまふ風少し

牡丹散つて元気な主現るる

ほうたるのあくがれ出づる行先は

栃木県黒羽

炎昼や高速道に牛駱駝

インド　七句

ココナツを売る渋滞の車列縫ひ
汗匂ふぐらりゆらりと象の背ナ

ムガールの皇帝寝所清水引き
灰色の唐黍実る北インド

子を抱いて女物乞ふ溽暑かな

デリー茂るクラクション鳴りやまず

ラフランスごつごつ笑顔のない女

泣いて笑つてすねて優しく成人す

八重桜厚く散り敷く静かな日

山形の空にぽかんと凧

卯の花の家を更地にする役目
父よ母よ卯の花の白あふるるよ

Ⅴ　令和三年～五年

日高川紀の川木の葉明りして

高野山　六句

唐突に山上に町冬支度

胡麻豆腐真白高野の夜寒かな

灯ともして孔雀明王冷まじや

山上の墓群幾万冬の雨

きらきらと冬日砕けて紀伊の海

合格の少年ひとつ大欠伸

気がつけばみんな先行く花の昼

勲八等陸軍兵の墓に虻

時鳥たつたた一人と思ひ知る

星飛んで忘れてしまふパスワード

新蕎麦を一口ごとに頷いて

小六月日を吸ふ畳廊下かな

大分　五句

暮れ早し藍一枚に別府湾

由布岳や皇帝ダリアゆらゆらと

赤子泣く紅葉の山の御朱印所

地元の運転手さん曰く

晩秋の佐賀ノ関まで客来ねえ

しぐるるやことに関鯖身の締る
蔵王望む窓より寒さひたひたと

歌留多とる女系家族でありにけり

終の棲家を

決めようか早春満月我が上に

台湾　六句

がじゅまるの気根を揺らす春の風

大砲遺る淡水港や夕桜

春の潮瑠璃色藍色みどり色
台湾の三月芒穂を揺らし

銅鑼爆竹ちゃるめら基隆《キールン》春祭

夏兆す台北の道バイクバイク

追悼黒田杏子先生　三句

大白鳥帰るを共に見送りし

先生は桜の下を顔上げて

発たれけり仁淀の桜ふぶいてよ

令和五年七月

終刊の文字黒々と梅雨深し

ものを見よ書けよ八月十五日

新たな旅へ

「青麗」と共に

高田正子主宰の新結社、「青麗」に参加。「藍生」からの仲間と新しい句友と共に、この先もどこまでも飛び続けたい。

令和五年・六年

転居

この街に暮らした月日花水木

鶯の声は行くなといふごとく

初蝶や荷より転がる姫達磨

バンクーバー　五句

鷗よぎるダウンタウンに弦の月

涼しさや大人になりてゆくここで

異国語に疲れて昼寝湖の風

キャピラノの吊橋涼し絶叫す

ぼうと鳴る蒸気時計や秋暑し

名を知らぬ大きな落葉日を掬ふ

「青麗」俳句会始まる　四句

よく晴れて光の中の初句会

お祝ひの句座は浅草小正月

獅子舞の締めの垂幕おめでたう
獅子頭脱げばいなせなお姐さん

江の島　二句

寒晴の海に放心してをりぬ

パドルサーファーゆつたりと掻く春の海

風光るきりきりと弓引かれつつ

あとがき

私にとって言葉とはなかなかに重いもの。生来の口下手、付き合い下手の性格で、思っていることの半分も言えずに呑み込んでしまう。そんな人間が何故言葉に関わろうとするのか。いつも自問します。が、むしろそれゆえなのかもしれません。何か自分を表現するものが欲しかった。たまたま若い時に接する機会のあった俳句が、いつの間にか掛けがえのないものになっていました。

おぼろおぼろ心をのぞく遠眼鏡

俳句は自分の心を探るツールでした。従って、客観写生よりは心象俳句に傾いていたと思います。良くも悪くもそれがこれまでの私。今後も人生の時間のある限り、句を作り続けたいですが、さてどんな変身ができるでしょうか。願わくは成長でありたいものです。

今回は高田正子先生に句集を出そうと背中を押して頂き、たくさんのアドバイスを頂きました。またご多忙のスケジュールの合間を縫って序文をお書き下さいましたこと、御礼の申し上げようもありません。この先も立ち止まることなく句作に努力していくことが、唯一の御恩返しかと思います。

丁寧に細やかに相談にのり本の形にして下さった、ふらんす堂の皆様、まことにありがとうございました。

長い間共に句座を囲んだ「游の会」の皆様や、「藍生」のご縁で繋がった各地の句友の皆様との出会いは私の宝。加えて、今師と仰ぐ高田正子先生に出会えましたのも、全て「藍生」の黒田杏子先生が繋いで下さったご縁です。黒田先生の御魂に心より感謝を捧げます。

二〇二四年九月　虫の音を聴きながら

佐治よし子

著者略歴

佐治よし子（さじ・よしこ）本姓　鈴木

1949年　山形県山形市生まれ
1999年　「藍生」俳句会入会
2018年　「いぶき」俳句会創刊・入会
2020年　藍生賞受賞
2023年　「藍生」終刊
2024年　「青麗」俳句会創刊・入会

現　在　「青麗」俳句会、「いぶき」俳句会会員

現住所　〒990-2433　山形県山形市鳥居ケ丘28-15
m a i l　ysksz k0824@outlook.jp

句集　遡上　そじょう　青麗文庫3

二〇二四年一一月二六日　初版発行

著　者――佐治よし子
発行人――山岡喜美子
発行所――ふらんす堂
〒182-0002 東京都調布市仙川町一―一五―三八―二F
電　話――〇三（三三二六）九〇六一　ＦＡＸ〇三（三三二六）六九一九
ホームページ　https://furansudo.com/　E-mail info@furansudo.com
振　替――〇〇一七〇―一―一八四一七三
装　幀――君嶋真理子
印刷所――三修紙工㈱
製本所――三修紙工㈱
定　価――本体二六〇〇円＋税
ISBN978-4-7814-1706-6　C0092　¥2600E